LE CHANDELIER GÉANT

reconté par
RAFE
MARTIN

illustré par
VLADYANA
KRYKORKA

Texte français de
Christiane Duchesne

Scholastic Canada Ltd.

Pour Rose.
R.M.

À ma mère, qui
aimait beaucoup ce conte, et à mes
ancêtres, pour les armoiries.

V.K.

Cette version de «Le chandelier géant» a évolué au cours des années, car je l'ai
racontée d'innombrables fois partout en Amérique du Nord, et même au
Japon. C'est un ancien conte italien, qui a traversé le temps grâce à la
tradition orale et qui a fort heureusement été transcrit par Italo Calvino dans
son livre «Contes italiens». Ceux qui ont lu «Le roi Lear» y reconnaîtront
l'essentiel de l'histoire, à part l'heureux dénouement (et les menus!). Dans
toutes les cultures du monde, on retrouve des histoires semblables. C'est un
conte universel, et je suis très heureux de pouvoir aujourd'hui le
partager avec mes lecteurs.

L'illustratrice a utilisé de l'aquarelle rehaussée de
peinture à la détrempe, et du crayon de couleur pour les détails.

Édition publiée par Scholastic Canada Ltd., 123, Newkirk Road,
Richmond Hill (Ontario) Canada L4C 3G5.

6 5 4 3 2 1   Imprimé à Hong-Kong   3 4 5 6/9

Données de catalogage avant publication (Canada)

Martin, Rafe, 1946—
    Le chandelier géant

Traduction de: Dear as salt.
ISBN 0-590-74308-2

I. Krykorka, Vladyana. II. Titre.

PZ23.M37Ch 1993   j813'.54   C93-093421-0

Il était une fois un roi qui avait trois filles.
Il possédait également trois trônes : un de
pierre noire sur lequel il s'asseyait lorsqu'il
était en colère, un autre de bois rouge
pour les jours ordinaires et un
troisième d'or, dont il
se servait lorsqu'il
était très heureux.

Il s'assoit un jour sur son trône de pierre noire et fait venir sa fille aînée.

— Père, dit-elle, vous êtes assis sur votre trône de pierre noire. Seriez-vous en colère?

— Oui, je le suis, répond le roi.

— Êtes-vous fâché contre moi? demande encore sa fille.

— Oui, je le suis, répond le roi.

— Mais pourquoi, mon père? demande-t-elle.

— Parce que tu ne m'aimes pas! répond-il.

— Mais je vous aime! insiste-t-elle.

—Vraiment?

— Autant que le pain, répond la princesse.

— Bof! fait le roi.

Mais, au fond de

son cœur, il est ravi. Parce qu'il sait que, fait de bon blé qui a poussé dans une riche terre, pétri à la main et cuit dans un four de pierre, le pain représente la force de la terre et la puissance de ce qui croît. Ainsi, même s'il fait «Bof!», il est vraiment très heureux.

Le roi fait ensuite venir sa deuxième fille.

— Père, dit-elle, vous êtes assis sur votre trône de pierre noire. Seriez-vous en colère?

— Oui, je le suis, répond le roi.

— Êtes-vous fâché contre moi? demande encore sa fille.

— Oui, je le suis, répond le roi.

— Mais pourquoi, mon père? demande-t-elle.

— Parce que tu ne m'aimes pas! répond-il.

— Mais je vous aime! insiste-t-elle.

— Vraiment?

— Autant que le vin, dit-elle.

— Bof! fait le roi.

Mais, encore une fois, il est ravi. Il sait bien que, pour faire un bon vin, il faut choisir le bon raisin, le cueillir au bon moment, bien le fouler et le laisser vieillir dans les meilleures caves. Il sait qu'avec un peu de chance, lorsqu'on le goûte des années plus tard, le cœur s'éclaire comme par un jour d'été même s'il fait gris et froid au plus fort de l'hiver. Ainsi, même s'il fait «Bof!», le roi est vraiment très heureux.

3

Puis, il appelle sa troisième fille.

— Père, dit-elle, vous êtes assis sur votre trône de pierre noire. Seriez-vous en colère?

— Oui, je le suis, répond le roi.

— Êtes-vous fâché contre moi? demande encore sa fille.

— Oui, je le suis, répond le roi.

— Mais pourquoi, mon père? demande-t-elle.

— Parce que tu ne m'aimes pas! répond-il.

— Mais je vous aime! insiste-t-elle.

— Vraiment?

— Père, je vous aime autant que le sel.

Lorsqu'il entend ces mots, le roi s'emporte.

— Autant que le sel? hurle-t-il. Qu'y a-t-il de plus vulgaire, de plus ordinaire que le sel? Hors de ma vue, ma fille!

La pauvre princesse court chez la reine, sa mère. Quand elle apprend l'histoire, la reine dit à Zizola (c'est le nom de la princesse) :

— Zizola, ma fille, ton père est pris d'une crise de rage. Ne t'en fais pas, je te protège.

C'est une bonne chose, car le roi tellement hors de lui vient d'appeler son meilleur chasseur.

— Trouve Zizola et rapporte-moi son cœur, car c'est une pierre qu'elle a à la place du cœur!

5

Lorsque le chasseur arrive chez la reine,
celle-ci lui dit :

— La vie de Zizola est entre tes mains.
La prochaine fois que tu iras à la chasse, je
t'en supplie, rapporte un cœur de cerf au roi
et dis-lui que tu as agi selon ses ordres.

Comme le chasseur est un homme de bien,
il obéit à la reine, et à partir de ce jour, le
roi croit que Zizola est bel et bien morte.

Puis, la mère de Zizola, la reine,
fait venir un chandelier géant.
Dans la paroi du chandelier se trouve
une petite porte et à l'intérieur, un petit
lit, une table de nuit, une commode à
tiroirs et une bibliothèque remplie de livres.

— Entre dans le chandelier, dit la reine à sa fille.
Tout va bien aller.

Zizola entre donc dans le chandelier. Sa mère referme la porte et fait venir quelques serviteurs du château.

— Allez vendre ce chandelier au marché, dit la reine. Si l'acheteur vous semble vilain ou mesquin, peu importe le prix qu'il en offre, répondez-lui que ce chandelier vaut une fortune. Si, par contre, l'acheteur semble bon et généreux, vendez-le-lui pour presque rien. Vous avez bien compris?

Les serviteurs se grattent le crâne et disent :

— Nous pensons bien que oui, Majesté.

— Bien, dit la reine.

Ils se rendent donc au marché avec le chandelier géant et bientôt arrive un homme en carrosse. Il fait arrêter l'équipage et frappe le chandelier à petits coups de sa canne à pommeau d'or.

— Je veux ce chandelier, dit-il. Quand les gens le verront chez moi, ils seront morts d'envie. Je vous paie comptant, maintenant. Faites votre meilleur prix.

Les serviteurs échangent un regard.

— Pour vous? Pour vous, ce sera cent coffres d'or!

— Cent coffres d'or! s'écrie l'homme, furieux.

Il lance un cri à son cocher et s'éloigne rapidement.

Un peu plus tard, passe un prince monté sur un superbe cheval. Il s'arrête devant le chandelier géant.

— Ce chandelier est une pure merveille. Mes amis sauront en apprécier la lumière par les longues soirées d'hiver. Je crois que la personne la plus triste se réjouira à la vue d'un tel objet. Dites-moi, combien vaut-il?

Les serviteurs se regardent encore.

— Pour vous? Pour vous, ce sera une pièce d'or.

— Une pièce d'or? s'exclame le prince. C'est trop beau pour être vrai! À n'importe quel prix, ce serait une aubaine! Voici la pièce d'or, et même un peu plus pour vous. Je vous remercie!

Les hommes du prince portent le chandelier au palais et le montent au troisième étage dans les appartements du prince. Puis le prince descend l'escalier de pierre qui mène aux cuisines, dans les caves du château.

— Ce soir, je vais à l'opéra, dit-il aux cuisiniers. Mais avant, je vais faire un tour dans mes jardins. Je monterai ensuite à mes appartements et j'y prendrai mon repas avant de sortir. Faites donc monter ce qu'il faut.

— Bien sûr, Votre Altesse, disent les cuisiniers.

— Bien, répond le prince.

Il sort dans ses jardins, hume le parfum des fleurs et profite de la douceur de l'air. Il observe les oiseaux qui s'élancent vers le ciel, volent et font des piqués au-dessus de sa tête. Il admire l'énorme soleil rouge qui se couche lentement.

Les cuisiniers montent à la chambre du prince, étendent une nappe blanche et servent le repas : des spaghetti à la sauce tomate. L'odeur leur fait monter l'eau à la bouche. Ils servent aussi une petite salade, du parmesan, du pain à l'ail et une bouteille de jus de raisin pétillant. Puis ils sortent en fermant bien la porte.

Qu'arrive-t-il alors? Aussitôt qu'ils sont sortis, la porte du chandelier s'ouvre et Zizola apparaît. Elle s'assoit à la table, mange et boit jusqu'à ce qu'il ne reste plus rien. Elle essuie ses lèvres avec une serviette de toile fine, entre dans le chandelier et referme la porte.

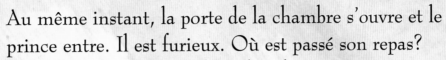

Au même instant, la porte de la chambre s'ouvre et le prince entre. Il est furieux. Où est passé son repas?

Il descend en courant l'escalier de pierre qui mène aux cuisines dans les caves du château.

— Quelqu'un a mangé mon repas! hurle-t-il.

— Ce n'est pas nous, Votre Altesse, crient les cuisiniers effrayés. Ce doit être le chat, ou encore le chien. Nous ne ferions jamais rien de pareil.

— C'est peut-être vrai, dit le prince au bout d'un moment. Sans doute avez-vous raison. Je dois partir tout de suite pour l'opéra. Je sors également demain soir. Vous monterez mon repas comme vous l'avez fait ce soir. Et prenez bien soin de ne pas laisser entrer ni le chat ni le chien.

— Oui, Votre Altesse, disent les cuisiniers.

— Bien, dit le prince.

Le lendemain soir, encore une fois, le prince sort dans ses jardins. Il hume le parfum des fleurs et profite de la douceur de l'air. Il regarde les oiseaux voler dans le ciel qui s'obscurcit et observe l'énorme soleil rouge se coucher lentement.

Les cuisiniers montent chez le prince, étendent une jolie nappe et servent le repas. Ce soir, c'est une lasagne. L'odeur ouvre l'appétit. Bien sûr, ils servent une autre salade et un autre pain à l'ail. Et ce soir, pour aider les humeurs du prince, ils déposent sur la table une petite bouteille de vin. Ils ferment bien la porte pour que ni le chat ni le chien ne puissent entrer et ils retournent à leurs cuisines.

Sitôt qu'ils sont sortis, la porte du chandelier s'ouvre et
Zizola apparaît une deuxième fois. Elle s'installe à la table,
mange et boit jusqu'à ce qu'il n'y ait plus rien. Elle essuie ses
lèvres avec la serviette de toile fine, entre dans le chandelier
et referme la porte, juste au moment où s'ouvre celle de la
chambre. C'est le prince.

Qu'il est furieux! Il court à la cuisine.

— Quelqu'un a mangé mon repas! hurle-t-il encore.

— Ce n'est pas nous, Votre Altesse! crient les
cuisiniers. Nous ne ferions jamais de pareille chose.
C'est sûrement le chien et le chat!

— Vraiment! dit le prince. Je
sors encore demain soir. Je vous
donne une dernière chance. Et
cette fois, personne ne mangera
mon repas! Vous avez compris?

— Oui, Votre Altesse,
répondent les cuisiniers, très mal
à l'aise.

— Bien, dit le prince avant de
sortir.

Le lendemain soir encore, les cuisiniers montent aux appartements du prince, étendent une belle nappe et servent le repas. Ce soir, c'est une pizza couverte de toutes sortes de bonnes choses. L'odeur excite les papilles. Les cuisiniers déposent sur la table une autre bouteille de vin ainsi qu'un vase rempli de fleurs magnifiques. Avant de sortir, ils s'assurent de bien fermer la porte de sorte que ni le chat ni le chien ne puissent entrer.

Qu'arrive-t-il alors? La porte du chandelier s'ouvre et apparaît Zizola. Elle s'assoit à la table et mange, et mange, et boit. Mais ce qu'elle ignore, c'est que le prince, ce soir, est caché sous la table. Pendant que Zizola mange et mange, il sort la tête de sous la nappe. Il la regarde bien droit et son cœur se met à battre de plus en plus vite. Il tombe amoureux de Zizola!

Le prince sort de sous la table.
— Chère demoiselle, dit-il, que faites-vous dans ce chandelier géant?
Zizola lui raconte son histoire, comment elle a dit à son père le roi qu'elle l'aimait autant que le sel; comment il s'est fâché contre elle; comment sa mère la reine l'a installée dans le chandelier géant pour lui sauver la vie.

— Ne vous en faites pas, dit le prince. Tout va bien aller.

Et ils mangent, parlent, rient, chantent et dansent. Tard dans la nuit, Zizola entre dans son chandelier. Le lendemain matin, le prince descend les marches de pierre qui mènent aux cuisines et dit aux cuisiniers :

— Et maintenant ...

— Ou-i-i, Votre Altesse, disent les cuisiniers dont les genoux tremblent de frayeur.

— C'est un merveilleux repas que vous m'avez servi hier soir, dit le prince.

— Merci, Votre Altesse, s'exclament les cuisiniers, rassurés. Nous sommes heureux de l'entendre.

— Écoutez-moi bien, dit le prince. Je serai très occupé pendant les trois prochains jours. Et je serai affamé. Faites monter tous mes repas dans mes appartements et doublez les portions. Compris? Assez pour deux.

— Certainement Votre Altesse, disent les cuisiniers. Avec plaisir!

— Bien, dit le prince.

Zizola et le prince mangent, parlent, rient, chantent et dansent encore. Au bout de trois jours, le prince descend l'escalier de pierre et entre chez sa mère.

— Mère, dit-il, je vous annonce mon mariage.

— Merveilleux, dit la reine. Et qui veux-tu donc épouser?

— Mère, dit-il, j'épouse le chandelier.

— Non! s'exclame la reine, bouleversée. Tu ne peux pas épouser un chandelier.

— Mère, répond le prince, j'épouserai le chandelier ou je n'épouserai personne.

Que peut faire la pauvre reine?

Les serviteurs du prince descendent le chandelier par
l'escalier de pierre et le placent dans le carrosse. Le prince
s'assoit à côté du chandelier et l'entoure de son bras
pendant qu'ils roulent vers l'église. Les serviteurs portent le
chandelier devant l'autel. À côté du chandelier, le prince
rayonne de bonheur. Sa mère, assise dans un coin, sanglote
amèrement.

Le prêtre entre et la cérémonie commence. Au moment où
il s'apprête à les consacrer mari et... chandelier, la petite
porte s'ouvre et apparaît Zizola. Elle est magnifique.
Lorsque la reine comprend que son fils épouse la jeune fille
du chandelier et non le chandelier
lui-même, elle en est si
heureuse qu'elle
rit et pleure en
même temps.

Après la cérémonie, la reine court vers Zizola.

— Que faisiez-vous, ma chère fille, dans ce gigantesque chandelier?

Zizola raconte encore une fois son histoire, comment elle a dit au roi son père qu'elle l'aimait autant que le sel; comment il s'est fâché contre elle; comment sa mère la reine l'a installée dans le chandelier géant pour lui sauver la vie.

— Ne t'en fais pas, dit la mère du prince. Avec nous, tu es en sécurité, ma chère Zizola.

— Oui, répond Zizola, et je suis très heureuse. Mais, si vous voulez m'aider, je crois qu'ensemble nous pouvons tout arranger.

Le lendemain, la reine annonce qu'elle donne un grand dîner. Elle invite tous les rois et toutes les reines, les princes et les princesses des provinces voisines à venir célébrer le mariage de son fils.

Avant que les invités arrivent, elle descend voir les cuisiniers.

— Vous êtes les meilleurs cuisiniers du pays, dit-elle.

— Merci, Majesté.

— Et ce soir, continue la reine, je veux vous demander de faire une chose bien particulière. Ce soir, je vous interdis de mettre le moindre grain de sel dans les plats que vous servirez au père de Zizola.

— Mais, Majesté, s'exclament les cuisiniers, consternés, nous ne pouvons faire une chose pareille. Il croira que nous sommes les pires cuisiniers du pays!

— Laissez-le croire ce qu'il voudra, répond la reine.

Et, comme c'est la reine qui a parlé, les pauvres cuisiniers ne peuvent répondre que :

— Oui, Majesté.

— Bien, dit la reine.

Le soir, lorsque les invités arrivent, la reine s'assure que le père de Zizola prend bien place à sa droite. Elle frappe dans ses mains.

— Faites servir le repas, dit-elle.

Les cuisiniers entrent dans la salle à manger, portant de grandes assiettes à soupe. C'est une minestrone qui sent merveilleusement bon. Les invités prennent leurs cuillères royales et commencent à manger.

— Magnifique! Délicieux! Extraordinaire! Cette soupe est la meilleure qu'on ait jamais goûtée!

Tous s'exclament, sauf le père de Zizola. Il en prend une cuillerée et son visage se tord dans une grimace de dégoût. Il en prend une autre et c'est pire. Il pose alors sa cuillère.

— Qu'y a-t-il? demande la reine. Vous n'aimez pas notre cuisine?

— Mais oui, Majesté, répond-il. Mais je veux garder mon appétit pour profiter de tout le repas.

— C'est bien, dit-elle, car il y a beaucoup à manger.

Elle frappe encore une fois dans ses mains.

Les cuisiniers reviennent, portant cette fois d'immenses assiettes. Ce sont des aubergines au parmesan qui sentent extraordinairement bon. On sert les invités qui prennent leurs couteaux royaux et leurs fourchettes royales et commencent à manger.

— Magnifique! Délicieux! Extraordinaire! Ce sont les meilleures aubergines qu'on ait jamais mangées!

Tous s'exclament, sauf le père de Zizola. Il prend une bouchée, mastique et mastique, mais n'arrive pas à avaler. Enfin, avec un grand effort, il avale la bouchée et pose sa fourchette.

La reine attend.

— Qu'y a-t-il? demande la reine. Vous n'aimez pas notre cuisine?

— Pour dire la vérité, Majesté, dit le père de Zizola, la soupe goûtait l'eau et les aubergines, le caoutchouc. Rien n'a de goût, rien n'a de saveur. Je crois que vos cuisiniers ont oublié le sel!

En prononçant ces mots, il se rappelle soudain sa fille Zizola. Il se souvient du jour où elle lui a dit qu'elle l'aimait autant que le sel. Tout à coup, il comprend! C'est elle, de ses trois filles, qui l'aimait le plus. Elle avait voulu dire que sans lui, la vie n'avait pas de goût, pas de saveur... et il l'avait fait tuer!

Et, se rappelant tout cela, il se met à pleurer, à tant pleurer que des larmes salées recouvrent son visage.

Pendant qu'il pleure, on entend de légers pas descendre l'escalier. Il sent deux mains se poser sur ses épaules.

Il se retourne et lève les yeux. C'est Zizola qui se tient derrière lui! D'un bond, il se lève et prend sa fille entre ses bras.

La mère et les sœurs de Zizola rient et lancent des cris de joie.

— Ô ma sage Zizola, s'exclame la mère du prince, tu as tout arrangé!

— Bravo! lance le prince, car c'est la vérité.

Les musiciens commencent à jouer, Zizola et son père ouvrent le bal. Et tous les rois et les reines, les princes et les princesses, les serviteurs, les dames de chambre et les cuisiniers entrent dans la danse à leur suite.

Et s'ils n'avaient pas arrêté, ils danseraient encore aujourd'hui!